LA
CAMPAGNE D'AUTRICHE,

POËME.

AF300075

LA
CAMPAGNE D'AUTRICHE,

POËME.

PARIS,

Chez
LE NORMANT, Imprimeur-Libraire, rue de Seine,
n°. 8, près le pont des Arts.
DELAUNAY, Libraire, Palais-Royal, galeries de bois,
n°. 243.

1811.

AVANT-PROPOS

Aucun sujet n'a plus fourni à la poésie que le genre héroïque, et peut-être est-il par cette raison un de ceux qui intéressent le moins. D'ailleurs, en représentant la lutte des nations, on n'offre que des masses, et le cœur s'attache plus aisément à des évènemens particuliers où il trouve plus de rapports avec ses propres sensations. Mais lorsque le sujet est dans le cas de celui que l'on retrace ici; quand il est, pour ainsi dire, présent; quand presque chaque famille sent rejaillir sur elle la gloire des héros qu'on y célèbre; quand enfin le bonheur de la patrie et la tranquillité du monde entier sont le résultat des évènemens qu'il renferme, quel intérêt un tel sujet ne pourroit-il point balancer? S'il est des actions romanesques dont

Le goût, toujours changeant dans sa course légère,

A-t-il fermé l'oreille à ton accent sévère ?

Mais lorsque la patrie, à la voix d'un Héros,

Etonne l'univers de ses exploits nouveaux,

Quand le bonheur du monde est le fruit de sa gloire ;

Viens, et ranime encor le chant de la victoire.

L'Europe respirant après ses longs malheurs,

D'un heureux avenir aspiroit les douceurs ;

Du Tibre au Niémen, du couchant à l'aurore,

Sous la main de la Paix les arts venoient éclore :

L'Ibérie arrachée au glaive de l'Erreur,

Recevoit des bienfaits des mains de son vainqueur ;

Et, malgré les efforts du perfide insulaire,

Ses bords voyoient fermer le temple de la guerre ;

Ce fier et foible Anglais, protégé par les mers,

Seul, croyoit maîtriser le sort de l'univers ;

Mais les traits avortés de sa rage inhumaine,

N'attiroient plus sur lui que l'opprobre et la haine.

Au bord de la Tamise, en son obscur séjour,

La Discorde bannie avoit fixé sa cour ;

De là, soufflant au loin le poison qui l'anime,

Avec un poignard d'or elle excitoit le Crime.

« Eh quoi ! dit-elle enfin , mon règne est-il détruit ?

» Le maître des humains en ces lieux me réduit......

» Non. , c'est trop sous son joug m'abaisser en esclave :

» Tout cède à ses exploits , que mon pouvoir les brave. »

Elle dit , et s'enfuit de ce bord détesté ,

Avec l'Orgueil , la Haine et la Crédulité :

(Ces tyrans des mortels sont toujours sa ressource.)

Aux rives du Danube elle arrête sa course ;

Ses regards furieux découvrent ces remparts ,

Où planoit autrefois l'aigle altier des Césars :

L'olivier de la paix après les jours d'orage

Y versoit les douceurs de son naissant ombrage ;

L'Espérance étaloit ses charmes consolans ;

Et sur l'oisif amas de dards encor sanglans ,

Le Démon des combats , excité par la Haine. ,

De sa bouche hideuse en vain rongeoit sa chaîne.

Là , ce roi dont le sceptre a réglé tant d'Etats ,

Raffermissoit son trône ébranlé sous ses pas ;

Lentement du malheur il réparoit l'outrage.

Le monstre, en l'approchant, distille ainsi sa rage :

« Héritier des Césars, protecteur du Germain,

» Tes honneurs ne sont plus qu'un simulacre vain ;

» Ton sceptre, roi des rois, tremble en ta main débile,

» Tandis que des humains dominateur tranquille,

» Le Héros des Français, par de nouveaux exploits,

» Du puissant Charlemagne a rétabli les droits.

» Vois son trône puissant, à l'abri des orages,

» Des peuples prosternés recevoir les hommages ;

» Pour en hausser l'éclat, vois s'unir sans effort

» Les palmes d'Idumée aux dépouilles du Nord :

» Ce tribut, que forma la main de la victoire,

» Semble offrir l'univers pour attester sa gloire.

» Et toi ! dans quel repos sommeille ta vertu ?

» Sur ton trône puissant tu languis abattu.

» Du sort qui te frappa craindrois-tu le caprice ?

» Va, c'est en le bravant qu'il nous devient propice.

» Si rien ne peut dompter l'ascendant d'un rival,

» Si rien ne le soumit, sois du moins son égal.

» En toi l'Europe espère, Albion te seconde;

» Cours, va lui disputer la conquête du Monde. »

    Souvent aux plus grands rois le Ciel permet l'erreur.

Le monarque est séduit à ce discours trompeur;

Sur ses yeux prévenus la funeste Vengeance

Jette un voile flatteur tissu par l'Espérance.

» Pourquoi, dit-il enfin, chercher un vain repos?

» Mon peuple n'est-il plus un peuple de héros?

» L'Europe de moi seul attend un grand exemple;

» C'est à moi de braver la main qu'elle contemple,

» Plus la lutte est terrible, et plus grand est l'honneur.

» Déployons un courage aigri par le malheur;

» Que la carrière s'ouvre : un noble orgueil m'inspire,

» Et j'aime à défier un Héros que j'admire. »

Hélas ! il ignoroit qu'un heureux avenir

A la main qu'il combat doit à jamais l'unir;

Et qu'un jour..... Mais telle est l'inconstante fortune,

Et le bien se prépare au sein de l'infortune.

Aussitôt des combats vient le moment fatal,

Et la terre frémit à cet affreux signal.

LA CAMPAGNE D'AUTRICHE,

Déjà le doux printemps revient sourire au monde :
Nos champs sont reverdis par sa chaleur féconde ;
Les fleuves dégagés des frimas endurcis,
Coulent plus mollement entre leurs bords fleuris ;
La nature promet sa richesse nouvelle ;
Tout renaît : le plaisir se ranime avec elle.
Le laboureur joyeux en traçant ses sillons,
Aux charmes du printemps joint l'espoir des moissons.
Hélas ! il ne sait pas qu'au loin la foudre gronde,
Et quel sang doit couler dans les champs qu'il féconde.
Le trouble, la terreur, précurseurs des combats,
De leur rumeur sinistre ont rempli ces climats ;
On s'agite..... Partout les douleurs, les alarmes :
L'époux fuit sa compagne, arrosé de ses larmes,
Il ne reverra plus ses enfans si chéris.....
La mère, en gémissant, s'arrache aux bras d'un fils ;
Le vieillard, de ses jours, maudit le foible reste,
Et succombe en quittant le seul fils qui lui reste.
La terre, en un moment, vomit des bataillons ;
Le Danube en frémit dans ses gouffres profonds ;

Ces drapeaux que la paix cachoit à la lumière,

Vers les champs de la France ont marqué leur carrière :

Ils marchent, et les bords qui les ont enfantés,

Sous leur poids belliqueux tremblent épouvantés.

    Cependant le Héros qui veille sur la France,

Du haut du trône auguste où l'a mis sa vaillance,

Jette un regard soigneux sur l'univers troublé ;

Il voit de ses amis l'asile violé :

De la destruction la voix retentissante

A porté jusqu'à lui sa rumeur menaçante.

Un moment il suspend ses utiles travaux,

Assemble d'un coup d'œil la foule des héros :

Près de lui tous ces rois que l'orage intimide

S'unissent, rassurés sous sa puissante égide ;

Et l'aigle des combats aussi prompt que le vent

Vole aux lieux que la gloire a frayés si souvent.

    Que de peuples divers le courage rallie !

L'habitant fortuné de la douce Italie ;

Celui qui prit le jour dans ces âpres climats

Où l'hiver éternel entasse les frimas ;

LA CAMPAGNE D'AUTRICHE.

Celui qui, respirant aux bords fleuris du Tage,
Voit les trésors de l'Inde embellir son rivage ;
Le hardi Bavarois ; le Saxon courageux ;
De son nouveau destin le Batave orgueilleux ;
Le Polonais qui, fier, sous la main qu'il admire,
Revoit la liberté qui revient lui sourire ;
Et l'Espagnol, jadis à l'erreur enchaîné,
Qui gémit si long-temps sous un ciel fortuné.
Loin des lieux paternels, pour la cause commune,
Tous vont sous nos drapeaux défier la fortune.
Tels, des bords étrangers les tendres végétaux
Etonnés de briller dans des climats nouveaux,
A nos arbres altiers bientôt mêlant leurs têtes,
S'élèvent avec eux et bravent les tempêtes.
  Sur les pas du Héros, on voit tous ces guerriers,
Ornemens de son trône, unis par ses lauriers ;
Et qui, depuis quinze ans, compagnons de sa gloire,
Du Nil au fond du Nord ont conduit la victoire :
Ils rangent près de lui ces terribles soldats
Dont les mains ont réglé le sort de tant d'Etats ;

Ces Français qui toujours prodigues de leur vie,

Amassent des lauriers en servant la patrie.

Puissent-ils à ses vœux être bientôt rendus!

La patrie!... Il en est qui ne la verront plus!

Cependant s'avançoit l'ennemi de la France.

Combien tu soutenois sa bouillante espérance,

(1) Toi qui, pendant vingt ans de gloire et de revers,

Fixas sur tes travaux les yeux de l'univers!

Prince altier et vaillant, ardent et téméraire,

Pénétrant, attentif, dangereux adversaire,

Même dans le malheur, émule des héros,

Et fait pour vaincre, enfin, avec d'autres rivaux.

Aujourd'hui, de son roi lui seul soutient la cause;

C'est sur son nom fameux que l'Etat se repose.

Ses bataillons nombreux, avec zèle emportés,

S'arrêtent tout-à-coup : ces aigles redoutés,

Ces drapeaux si souvent témoins de leur disgrâce,

D'un souvenir craintif ont glacé leur audace.

Aussitôt à leurs yeux (2) un fantôme est formé;

C'est de ces tristes bords le génie alarmé.......

« Que faites-vous, dit-il? Quelle erreur vous seconde?

» Quand vous triompheriez sur le vainqueur du monde,

» Les pleurs du repentir flétriroient vos succès ;

» Je vois former le nœud qui vous joint aux Français.

» O peuples généreux, nobles rivaux de gloire,

» Votre douce union vaut mieux que la victoire ;

» Ah! suspendez vos coups, hâtez ce doux instant,

» Et, faits pour vous aimer, épargnez votre sang. »

Mais il parloit en vain : l'affreux signal se donne,

On s'observe, on s'approche, et l'airain brille et tonne :

La rage, la douleur, et le trépas hideux,

Ont abaissé leur vol dans ces rangs belliqueux,

Et la destruction qui les suit avec joie,

Sourit à ces apprêts et contemple sa proie.

Vos yeux ont-ils erré sur l'abîme des eaux?

Ont-ils suivi le cours des innombrables flots?

Quand, montant, retombant, se confondant ensemble,

Sous leur choc vagabond la rive écume et tremble :

Ainsi, des deux partis, les bataillons nombreux,

Confondent, en frappant, leurs pas tumultueux,

Et de leurs rangs épais que la fureur entraîne,
Le mouvement confus semble ébranler la plaine.
Le brave Autrichien, par l'orgueil affermi,
Paroît fier de lutter contre un tel ennemi;
La vengeance, l'espoir, l'aspect de sa patrie,
Tout nourrit sa valeur, échauffe sa furie.
Le Français s'applaudit, calme dans son courroux,
De trouver des rivaux dignes de ses grands coups.
Son Monarque puissant, attentif et tranquille,
Voit tout, règle, conduit le courage docile;
Et d'un regard serein, parmi des flots de traits,
Il a déjà marqué la place du succès.
Mais, aux efforts de l'art résiste la vaillance,
Et le triomphe encor quelque temps se balance:
« C'est assez, compagnons, le moment est venu
» Ici, marchez, frappez, et vous avez vaincu. »
Les accens du Héros des siens doublent l'audace,
De l'ennemi troublé le courage se glace;
Ses rangs sont divisés, incertains, confondus,
Le chef prodigue en vain l'ordre qu'on n'entend plus:

On s'agite, on s'ébranle, on succombe, on s'entraîne,

Et les débris épars, au loin couvrent la plaine.

Le Héros suit son cours : Murs croulez sous ses coups...

Peuples qui le bravez, tombez, prosternez-vous!

Partout, au même instant, sur notre armée immense,

La victoire a plané.... le succès la devance.

Soutenu par les lieux, surtout par la valeur,

L'ennemi cependant sait venger son malheur.

Dans les champs désolés, sur les débris des villes,

(3) Que de combats sans fruits, que d'exploits inutiles !

Comme on voit ces lions, poussés dans les forêts,

Rugissant de douleur, frappés de mille traits ;

Dans leurs antres connus ils raniment leur rage,

S'irritent du péril, unissent leur courage,

Et par mille détours ramenant leur fureur,

Succombent en bravant la main de leur vainqueur.

Tel l'ennemi vengeant sa perte inévitable,

Fléchit avec honneur sous le sort qui l'accable;

Rien ne peut s'opposer à ce rapide essor :

Il fuit, il se rallie ; il fuit, il fuit encor...

Trente fois le soleil a versé sa lumière,

Depuis que des combats s'est ouvert la carrière :

Chaque jour renaissant pour des exploits nouveaux,

Trente fois la victoire a suivi nos drapeaux ;

Et, sur les murs détruits de vingt cités tremblantes,

Nos aigles ont ouvert leurs ailes triomphantes.

FIN DU CHANT PREMIER.

CHANT DEUXIÈME.

—

Voyez-vous s'élever sur ces bords orageux,
D'une antique cité les murs long-temps fameux ?
Du trône des Césars, Vienne encore orgueilleuse,
Des biens de l'abondance offre l'image heureuse ;
Le libre citoyen, au sein des doux loisirs,
Promène les instans de plaisirs en plaisirs...
Les beaux-arts, à l'envi, ranimant l'industrie,
Apprennent à jouir, et consolent la vie ;
Le luxe, qui du pauvre éveille le talent,
Sous mille aspects divers vient flatter l'opulent ;
Et des efforts communs le concours salutaire
Rend le plaisir plus doux, la peine plus légère.
Tels, en se rassemblant, de fragiles ormeaux,
Contre l'effort des vents unissent leurs rameaux ;

Et de l'air dévorant ne craignant plus l'outrage,

La fleur brille et s'accroît sous leur tranquille ombrage.

  Sur ces paisibles murs vient planer la terreur.,

La crainte mensongère ajoute à son horreur ;

L'espoir cède à l'effroi , le plaisir aux alarmes ,

Et tout reste attentif au bruit affreux des armes.

Tel le nocher joyeux sur le gouffre des mers,

Elude le péril par mille jeux divers ,

Et la main du plaisir abrége le voyage ;

Soudain l'onde mugit, au ciel gronde l'orage :

La joie aussitôt fuit... et d'un œil consterné ,

Il ne voit que le point où l'orage est tourné.

  Du trouble des combats la rumeur incertaine

Approche ; et les vaincus , que la terreur entraîne ,

Dans ces murs confondus ; à pas précipités ,

Vont reporter l'effroi dont ils sont agités.

Aussitôt dans la plaine une immense phalange,

De vingt peuples guerriers vaste et puissant mélange,

S'avance , se déploie , environne ces lieux :

Les coursiers emportés battent les champs poudreux ;

D'une forêt de dards la pompe meurtrière

Renvoie en mille éclairs les traits de la lumière ;

Des tambours, des clairons, les lugubres éclats,

Aux vaincus frémissans annoncent le trépas.

Mais bientôt de la paix ils portent le langage,

(1) Le vainqueur cède.... heureux d'éviter le carnage ;

Et déjà sa pensée enfante des bienfaits...

On s'avance.... Arrêtez ! que faites-vous, Français !...

En vain votre valeur vous suit et vous protége,

(2) Vos pas victorieux sont tombés dans le piége ;

Sous le fer et les feux, autour de ces remparts,

Vos membres déchirés volent de toutes parts.

Tel un lion frappé d'une flèche impuissante,

Rappelle en un moment sa fureur languissante ;

Nos guerriers courroucés raniment leur ardeur,

Le fiel de la vengeance a coulé dans leur cœur...

Pour punir l'ennemi, l'art fameux des batailles

Bientôt trace sa perte autour de ses murailles ;

De cent tubes d'airain les feux étincelans

Embrasent le bitume entassé dans leurs flancs,

Ils s'éclatent... l'air tremble, au loin les échos grondent ;
Leurs coups multipliés se pressent, se confondent ;
Et le fer échappé de leur sein foudroyant,
Rugit, s'élance, monte, et vole en ondoyant.
Moins prompte, des volcans la flamme turbulente
Vomit avec fracas son écume brûlante ;
Moins active, en tonnant, la foudre au haut des airs
Réfléchit sa lueur sur les vagues des mers,
Par d'obliques détours dont son cours se prolonge ;
L'obus sur les palais, frappe, éclate et se plonge,
Le brasier à flocons dans l'air se soulevant,
Porte au loin l'incendie, et vole avec le vent.
Déjà le dôme altier, siége de la puissance,
Croule et joint ses débris aux toits de l'indigence :
Ces chefs-d'œuvre divers de l'art ingénieux,
Qu'ont formé lentement ses soins laborieux,
Tombent en un moment... et, frappés par la foudre,
Leurs superbes débris vont rouler dans la poudre.
Le bitume enflammé qui tonne incessamment,
De la destruction entretient l'aliment :

Ici la flamme éclate et pétille en furie ;

Là , sous les toits nombreux plus sourdement nourrie,

Circule en longs détours, se ranime en roulant,

Et dévore les murs sous leur comble tremblant.

Guide ici mes pinceaux, ô Muse du carnage ;

Dis quels nouveaux exploits enfanta le courage !

Vers ces lieux le Danube, en divisant son cours,

De ces murs malheureux enfermoit les contours ;

(3) Au-delà de ses flots est un riant rivage

Où l'art et la nature ont mêlé leur ouvrage :

Là , mille arbres touffus, enlaçant leurs rameaux,

Joignent leur doux ombrage à la fraîcheur des eaux ;

C'est sur ces bords charmans qu'en des jours plus tranquilles

Le libre citoyen fuit le trouble des villes ;

Sur le soir d'un beau jour, quand l'astre de la nuit

Jette à travers ces bois sa clarté qui s'enfuit,

L'opulent, des grandeurs fuyant le vain murmure,

Sous leur fraîche épaisseur vient chercher la nature ,

Le modeste artisan, libre de ses travaux,

Vient y puiser la joie et l'oubli de ses maux :

LA CAMPAGNE D'AUTRICHE,

Là, l'ami des beaux-arts portant sa rêverie,
Imprime leur doux charme en son ame attendrie,
Et des fraîches couleurs de ces rians tableaux,
Il vient orner sa lyre ou tremper ses pinceaux.
Lieux charmans, des fureurs vous devenez l'asile !
Aux assiégés nombreux offrant sa masse utile,
Un édifice altier s'élevoit sur ce bòrd,
La foudre, de ses murs, nous envoyoit la mort.
Vain refuge !... Vers lui nos légions s'avancent,
Et d'intrépides chefs dans le fleuve s'élancent ;
Fendant ses flots émus d'un bras ferme et nerveux,
Ils touchoient au rivage.... A l'instant, autour d'eux,
La flamme éclate, luit : de cent tubes qui tonnent
Le plomb glisse et frémit dans les eaux qui bouillonnent.
Entourés du trépas, l'honneur est leur soutien :
Ils parviennent enfin, ils brisent le lien
De ces légers vaisseaux ; que d'une main craintive
L'ennemi qui fuyoit enchaîna sur la rive ;
Ils les poussent, l'eau cède, et l'aviron grossier
A plié sous ces mains que couvre le laurier ;

Ces nefs, de l'onde émue, effleurant la surface,
Glissent, volent, du fleuve ils ont franchi l'espace;
En foule, nos guerriers s'entassent dans leurs flancs.
De nouveau sous leur poids, pressant les flots tremblans,
Leur proue écume, crie... On s'empresse, on arrive,
Et l'essaim formidable est lancé sur la rive...

En tumulte, fuyant la nef qui l'a porté,
Chacun touche le bord d'un pas précipité :
Du mouvement confus saisissant l'avantage,
Les ennemis nombreux volent vers ce rivage;
L'airain destructeur gronde, et, dans les rangs épais,
Multiplie en marchant ses innombrables traits.
On se range, on s'approche, et tantôt le feu tonne,
Tantôt le fer frémit, et s'éclate et résonne.
Votre sort est de vaincre : allez, volez, Français !
Déjà leur bras terrible enchaîne le succès...
Éperdu, chancelant, ne résistant qu'à peine,
L'ennemi se divise, et s'ébranle et s'entraîne;
Et, tournant vers les siens ses avides regards,
D'un pas furtif et prompt vole dans ses remparts.

Tels ces foibles oiseaux dont la foule impuissante

Fuit des aigles vainqueurs la serre menaçante,

Et qui, des bois épais recherchant les détours,

Du lieu qui les vit naître implorent les secours.

Ces bronzes, dans ce lieu, qui tonnoient sur nos têtes,

Aux mains qui les lançoient renvoyoient les tempêtes.

Bientôt l'air se remplit de ces orbes d'airain

Qui couvent en volant la foudre dans leur sein,

A la voûte des cieux, la flamme étincelante,

Rugit en sillonnant leur course pétulante ;

Ils penchent par degré vers la terre attirés,

Pénètrent en tombant dans ses flancs déchirés,

Ils s'éclatent : soudain ,... la masse qui les couvre ,

Avec un bruit affreux, luit, s'ébranle et s'entr'ouvre ;

Et des murs chancelans les éclats embrasés ,

Entassent les humains l'un sur l'autre écrasés.

Tels, quand ces feux cachés dans le centre du monde ,

Brisent, en murmurant, leur enceinte profonde ,

Sur les monts ébranlés des gouffres entr'ouverts

Lancent en tourbillons la flamme au haut des airs ;

De torrens sulfureux les moissons se remplissent,
Sous leurs rochers ardens les cités s'engloutissent ;
Le trépas triomphant étale ses horreurs,
Et la nature en deuil vient répandre des pleurs.

Tout s'abîme et périt. (4) A ces scènes funèbres
La nuit vient ajouter ses lugubres ténèbres ;
Le péril imprévu semble encor plus affreux,
Partout la mort renaît sous mille aspects hideux.

Cette famille entière, à la fois renfermée,
Périt sous les débris d'une voûte enflammée ;
Ces enfans éperdus, près d'un père expirant,
S'unissent sur son sein qu'ils pressent en mourant :
Cette mère, au berceau que la flamme dévore,
Court arracher son fils qui lui sourit encore ;
Mais la mort vient, le frappe entre ses foibles bras :
Malheureuse ! elle meurt par un double trépas.
L'époux qui, dans les feux, voit l'épouse qu'il aime,
Vole, croit la sauver ; tombe et périt lui-même.
Retenu par ses maux, le vieillard éperdu,
Réclame un vain secours qui n'est plus entendu.

L'un cherche à secourir les toits dont il fut maître,
Et baigne de son sang le lieu qui l'a vu naître!...
L'autre échappe à la mort, et la trouve en fuyant ;
Ceux-là, près des autels, se calment en priant,
Et des temples, soudain, la cime qui s'écroule,
De décombres ardens frappe et poursuit la foule.
Avez-vous contemplé sur les gouffres des eaux,
Des nochers dont la foudre a brisé les vaisseaux ?
Luttant avec effort sous la vague qui gronde,
Leur bras glacé rejoint la surface de l'onde ;
L'un, d'un débris léger espérant un appui,
Le poursuit, s'en empare, et s'enfonce avec lui ;
Ceux-ci, que l'amitié dans le péril rassemble,
Joignent leurs bras mourans et périssent ensemble ;
D'autres, vers les rochers s'élançant égarés,
Se brisent sur les bords qu'ils avoient implorés.
L'éclair seul les découvre.... Au loin leurs voix tremblantes
Se mêlent au fracas des vagues turbulentes.
Tel, ce peuple éperdu, luttant contre le sort,
Trompe, combat, évite, et retrouve la mort.

Hélas, combien de fois la nature en alarmes,
De ses plus chers liens a vu rompre les charmes !
Vous, dont l'ame sensible a connu les douleurs,
A cet affreux récit venez donner des pleurs !
(5) De ses toits embrasés fuyant d'un pas agile,
Une mère assembloit sa naissante famille ;
D'un seul de ses enfans le sort est incertain,
Son avide regard partout le cherche en vain;...
Vers son asile en flamme elle se précipite,
Interroge en pleurant les traces de sa fuite ;
Elle cherche.... et des feux la tremblante lueur,
Au moindre objet la trompe, et séduit sa douleur.
Le bruit le plus léger retentit dans son ame ;
Attentive, elle écoute.... il se perd dans la flamme.
Aux plus sombres détours, aux lieux les plus brûlans,
Elle va tour-à-tour porter ses pas tremblans,
Demande à chaque objet cet enfant qu'elle adore,
S'arrête.... dit son nom, appelle, appelle encore ;
Mais ses gémissemens, dans les airs agités,
Par les bronzes tonnans sont soudain emportés.

Le frisson de la mort la saisit.... Immobile,
Près de ces lieux connus, près de ce triste asile,
Où ses soins tant de fois ont veillé sur ses jours,
Son œil plonge égaré dans les brûlans détours.
Tout cède au désespoir, et sa douleur amère
Ne lui laisse sentir que le cœur d'une mère.
« Cher enfant, cria-t-elle en son stupide effroi,
» Que ta mère te sauve, ou périsse avec toi !.... »
Elle entre : sur ses pas la flamme tourbillonne,
La suit en mugissant, la presse, l'environne.
Tout s'écroule.... Elle expire, et son regard flétri
Semble encor se tourner vers cet objet chéri.

Qu'il est grand ce mortel dont la juste puissance
Laisse au cri du malheur désarmer sa vengeance !
« Qu'on suspende les coups, dit le Héros français ;
» Tous les infortunés ont droit à mes bienfaits.
» Si le sort des combats en moi leur donne un maître,
» Qu'à mes soins généreux ils puissent le connaître. »
Partout a retenti ce cri consolateur....
Mais les chefs ennemis, en proie à la terreur,

Provoquant le danger, et n'osant pas l'attendre,
Déjà fuyoient ces murs qu'ils ont réduits en cendre.
La victoire aussitôt les ouvre à leurs vainqueurs ;
Le consolant espoir adoucit les douleurs ;
Et de ces mêmes bras qui lançoient le tonnerre,
Le citoyen surpris voit finir sa misère.

Levez-vous un instant, ombres des fiers Romains,
Jaloux de notre gloire, enviez nos destins....
Comme vous ces Français, ces enfans de la guerre,
Ont sous leurs bras puissans assujetti la terre ;
Mais terribles et doux, et vaillans tour-à-tour,
En soumettant le monde ils en seront l'amour.

FIN DU CHANT DEUXIÈME.

CHANT TROISIÈME.

—

Tandis que des combats l'agile messagère
De ces brillans exploits entretenoit la terre,
Des malheureux vaincus adoucissant les maux,
Le Héros méditoit des triomphes nouveaux :
Vers les champs de la gloire il suit son vol rapide.
Mais déjà l'ennemi, dans sa fuite timide,
Franchit les vastes flots du Danube éperdu,
Et présente aux vainqueurs cet obstacle imprévu :
L'obstacle ? il n'en est point aux yeux du vrai courage !
(1) Aussitôt des forêts le fer détruit l'ombrage,
Et ces arbres altiers, dépouillant leurs rameaux,
Avec de longs efforts sont plongés dans les eaux.
Là, du fleuve troublé qui s'irrite et qui gronde,
Leur sommet par degré joint la source profonde,

Et courbant, recourbant d'innombrables arceaux,
Ils montent affermis, et traversent ses flots.
La gloire alors sourit à ce nouveau prodige,
C'est elle qui l'inspire, et sa main le dirige;
Sur ce chemin fragile, en semant des lauriers,
Elle-même conduit cet amas de guerriers :
Et ces glaives pesans, ces bronzes, ce tonnerre,
Ces instrumens de mort, la terreur de la terre,
Sur des ais retenus par de légers pivots,
Sont portés dans les airs, et glissent sur les eaux.
Le Danube, du fond de sa retraite obscure,
Brise ses flots, se lève, et jette un long murmure;
Eh quoi! les fiers Romains, une seconde fois,
Sur mes bords désolés vont-ils donner des lois?
Mais non; à leur ardeur je dois les reconnoître :
Des Français seulement un tel effort peut naître.
Quoi donc, à leur succès rien ne peut s'opposer!
Roi des fleuves, c'est moi qui seul pourrai l'oser ;
Et lorsque tout fléchit sous leur pouvoir suprême,
Réunissons contre eux la nature et moi-même.

A sa voix, les frimas sur les monts suspendus,

Se brisent en roulant dans ses flots confondus;

Des sources d'alentour qui fuient les vallées,

En tribut dans son sein les ondes sont mêlées,

Et les débris, traînés dans les torrens fangeux,

En son cours vagabond sont unis avec eux...

(2) Tel il s'élance, tonne, et couvre son rivage;

Il arrive en grondant vers le pont qui l'outrage,

Se relève, bouillonne, et le frappe, et mugit :

La masse tremble, cède, éclate et s'engloutit.

Sous le poids de l'airain, des coursiers qui frémissent,

Les soldats confondus, roulent, s'ensevelissent :

Tout disparoît... Au loin, sur les rapides flots,

A peine on voit flotter quelques sanglans lambeaux;

Ils meurent... Malheureux! quand la gloire est acquise,

De tant de légions que le fleuve divise,

(3) Un foible nombre ainsi, sur le bord opposé,

Aux dangers des combats reste seul exposé...

Et déjà l'ennemi, dans ce moment funeste,

Rassembloit en fuyant le secours qui lui reste.

Ses armes, ses drapeaux, par la crainte abaissés,
De la main de l'espoir soudain sont redressés ;
Le mobile rempart de cette armée immense,
Retourne, s'affermit, se rassemble et s'élance ;
Le vaincu, des revers croit voler *aux exploits*,
Et triompher, enfin, pour la première fois...

Les Français cependant, d'un front inaltérable,
Ont vu voler vers eux cette foule innombrable ;
Mille tubes en feu, dans l'instant éclatés,
Tonnent en redoublant leurs coups précipités ;
Dans les airs déchirés les plombs meurtriers glissent ;
Et de corps palpitans les guérets se remplissent.
On s'approche, on se heurte : une épaisse vapeur
Enveloppe, en roulant, ce théâtre d'horreur...

C'est là que des Français la valeur et l'adresse
Suppléent avec art au nombre qui les presse ;
On avance, on revient, par un adroit détour,
On attaque, on résiste, on fléchit tour-à-tour ;
L'un vers l'autre les rangs accablés se replient,
Divisés un instant, soudain ils se rallient ;

Tout se mêle et combat. : les rapides coursiers
Foulent en bondissant des bataillons entiers ;
Les airs sont embrasés sous les feux qui sillonnent,
Dans les guérets fangeux, des flots de sang bouillonnent,
Et le fer qu'ont vomi les bronzes éclatans,
Fait voler des humains les membres palpitans.
(4) Le laboureur tranquille, un jour sur ce rivage
Trouvera sous le soc les débris du carnage.....
Tremblant, il foulera, sous les mouvans sillons,
Les restes glorieux de tant de bataillons,
La cendre des héros, qui, loin de leur patrie,
Pour la gloire et l'honneur ont prodigué la vie.
Alors, dans l'humble asile où le sort l'a jeté,
Il sentira le prix de son obscurité :
Maintenant, délaissant ses fertiles campagnes,
Il fuit dans les forêts aux antres des montagnes,
Traînant d'un pas craintif ses enfans dans ses bras,
Il prête au loin l'oreille aux rumeurs des combats.
Ainsi, le foible oiseau repoussé par l'orage,
Se cache, en frissonnant, sous un épais feuillage,

Et pressant ses petits rassemblés dans son sein,

Il attend le retour d'un jour pur et serein.

De moment en moment le carnage s'augmente,

Le désespoir s'accroît, la fureur s'alimente;

La victoire étonnée, esclave du destin,

Pour la première fois tient son vol incertain.

Arbitre des combats, protecteur du courage,

Dieu, qui fais les héros, veille sur ton ouvrage!

Près de ce lieu sanglant, vers de rians coteaux

Que le fleuve, en fuyant, arrose de ses eaux,

Un hameau s'élevoit : abri doux et tranquille,

C'est là que la valeur se choisit un asile;

L'art le commande ainsi, là le succès l'attend;

Avec ordre on s'ébranle, on marche en combattant.

Emporté vers nos rangs, l'ennemi se rassemble,

On se mêle, on avance, on frappe, on meurt ensemble;

Tels en se rejoignant des torrens orageux,

S'opposent à grand bruit leurs flots impétueux,

Et bientôt unissant leur course vagabonde,

Font retentir les champs du fracas de leur onde.

Que de héros plongés dans l'abîme éternel !

Incertains du succès, leur sort est plus cruel :

L'un, égaré, surpris dans la mêlée affreuse,

Vers les rangs ennemis suit sa route trompeuse ;

L'autre, à des fers honteux préférant le trépas,

Dans le fleuve profond précipite ses pas ;

Celui-ci, qui d'un chef transmet l'ordre rapide,

Voit son coursier traîné par la foudre perfide :

Seul, il est entouré de nombreux ennemis...

Mais ces lieux sont couverts de fertiles épis,

(5) Et des douces moissons le fragile assemblage,

Lui présente un asile au milieu du carnage ;

Cependant, vers le but, nos guerriers rassemblés,

Parviennent... Mais bientôt, sans secours, isolés,

(6) L'aliment meurtrier que l'airain couve et lance,

Manque à leurs mains... Le fer est leur seule défense.

D'un côté la douleur, la mort s'offre à leurs yeux,

Et de l'autre le fleuve ouvre son gouffre affreux ;

Mais, en les soutenant, du Héros qui les guide

Plane de rang en rang le génie intrépide.

Tel on feint qu'autrefois, commandant aux destins,

Un seul regard des dieux enflammoit les humains.

Rempli d'un feu nouveau, chacun vole et s'élance ;

Et comme au haut des monts, lorsqu'un rocher immense,

Poussé par mille efforts, long-temps a résisté,

Soudain il tombe, roule avec rapidité ;

Et le bras qui d'abord l'attaque et le menace,

Est lui-même, à son tour, englouti sous sa masse.

Tels, sous nos bataillons, à pas précipités,

Fuyoient des ennemis les rangs épouvantés ;

Et tantôt reprenant, et cédant l'avantage,

L'un et l'autre parti déployoit son courage.

Le soleil, cependant, roulant du haut des cieux,

Vers le sombre Occident avoit plongé ses feux ;

Mais la destruction que la valeur entraîne,

Dans l'ombre suit encor sa fureur incertaine.

C'en est assez... O mort ! où portes-tu tes coups,

Quelle victime atteint ton aveugle courroux ?

(7) C'est lui , c'est ce (*) héros dont les vertus suprêmes
Brilloient avec éclat parmi les héros mêmes ;
De son roi , de l'Etat digne et constant appui ;
Et qui depuis vingt ans verse son sang pour lui ;
Il périt pour son roi , son sort est moins funeste ;
Il termine en ses bras le moment qui lui reste ;
Et , calme en sa douleur , fléchissant sous le sort ;
Des vertus de sa vie il adoucit la mort.

« Digne ami , dit son maître , hélas ! le sort barbare
» Te ravit au succès quand ta main le prépare :
» Il joint à ses faveurs le coup le plus affreux.
» Mais si , du haut du ciel , attentif à nos vœux,
» Dans le fond de nos cœurs ton regard peut descendre ,
» Vois si notre douleur doit honorer ta cendre. »

Il parloit : et ces yeux qui soignent l'univers,
Des pleurs de l'amitié, ces yeux se sont couverts.

De la nuit , cependant, l'obscurité paisible,
En dérobant aux yeux ce spectacle terrible ,

(*) Le duc de Montebello.

Du moins pour un instant aux mortels agités ,
Sembloit porter l'oubli de tant de cruautés :
Le temps fuit , et bientôt l'astre de la lumière ,
Aux portes d'orient vient rouvrir sa carrière ;
Mais ses feux , répandus sur ces rians coteaux,
Ne font plus éveiller le doux chant des oiseaux ,
Et l'humide rosée , et l'herbe renaissante,
N'offrent plus aux troupeaux leur fraîcheur bienfaisante ;
L'insecte ranimé par la douce chaleur ,
Ne vient plus bourdonner errant de fleur en fleur ;
Le moissonneur ardent , au retour de l'aurore ,
Ne va plus dépouiller l'épi qui se colore ;
Et pour lui la bergère , aux bords de ces ruisseaux ,
N'a plus du chant d'amour réjoui les échos.
   Ici , l'arbre penchant sur sa tige froissée ,
De la destruction ramène la pensée ;
Le frais gazon foulé par le bronze pesant,
Couvre des dards rompus et souillés par le sang ;
Dans ces riches sillons , trésor de l'industrie ,
Les épis sont courbés sur leur tige flétrie ;

Là, des ceps verdissans brisés sur les guérets,

De l'espoir de l'automne ont ravi les bienfaits ;

Plus loin, dans l'air humide, on voit fumer encore

Un reste de hameau que la flamme dévore.

(8) Au courage bouillant succède le repos,

Et le calme fait place à des tourmens nouveaux ;

Le pénible regret rend la victoire amère,

On pleure son ami, son soutien ou son frère.

Près de l'autel sacré d'un culte bienfaiteur,

Les guerriers rassemblés vont porter leur douleur ;

Ces glaives destructeurs, ces meurtrières armés,

Dans leurs sanglantes mains sont arrosés de larmes.

Ce n'est plus des combats l'appareil menaçant,

Le courage muet baisse son bras puissant ;

Ces drapeaux, triomphans dans l'horreur de la guerre ,

Languissamment courbés, s'inclinent vers la terre ;

D'un ton lugubre et sourd, de momens en momens,

Les tambours aux échos portent leurs roulemens ;

Les sinistres clairons, par de longs intervalles,

Frappent l'air attristé de leurs voix inégales ;

Le son terrible et prompt des bronzes destructeurs,
Lentement répété retentit dans les cœurs ;
Des flambeaux pâlissans la lueur funéraire ,
Répand un jour affreux sur l'autel qu'elle éclaire ,
Et du regret plaintif l'accent religieux ,
Calme, semble monter vers la voûte des cieux.
Dans les cœurs agités que le ciel daigne entendre ,
Le consolant espoir doucement vient descendre :
Ainsi, la piété, trompant les coups du sort ,
Comble à nos yeux charmés l'abîme de la mort.
C'est là que je t'admire , ô Religion pure !
Tu nous fais triompher des lois de la nature ;
Les liens que la mort a paru désunir ,
Tu les rends éternels dans un doux avenir :
Par cet heureux espoir notre ame est agrandie ,
Il efface à nos yeux les peines de la vie ;
Et ta main, du néant écartant les horreurs ,
Verse sur le trépas tes dons consolateurs.

FIN DU CHANT TROISIÈME.

CHANT QUATRIÈME.

Du côté du levant, non loin des murs de Vienne,
Près de ces bords fleuris où, fuyant avec peine,
Le Danube grondant, de détour en détour,
S'élance avec fierté vers les portes du jour ;
Wagram, foible hameau, doux et riant asile,
S'élève, environné d'une plaine fertile,
Et Vienne lui découvre, en ses vastes contours,
Les restes imposans de ses superbes tours.
C'est là que l'ennemi, choisissant sa retraite,
Rassembloit ses débris, battus par la tempête :
Le péril a son charme ainsi que sa douleur ;
L'amour de la patrie a ranimé son cœur.
(1) Il voit les habitans des campagnes désertes
Voler vers ses drapeaux, et réparer ses pertes,

Le foible laboureur, quittant ses humbles toits,
Prête son bras rustique à la cause des rois,
Et la faux des moissons, en ses champs délaissée,
Par le glaive guerrier est pour lui remplacée.
Le savant, à regret, fuyant ses doux travaux,
S'étonne de marcher dans le rang des héros ;
Et l'utile artisan, abandonnant la hache,
Voit son paisible front ombragé d'un panache.
Ici, le fer, le bronze, amollis par les feux,
Se transforment soudain en glaives belliqueux.
Le salpêtre, arraché dans les flancs de la terre,
Dans des tubes d'airain va lancer le tonnerre.
Plus loin, des bataillons, ignorant les combats,
Dans un ordre guerrier accoutument leurs pas;
Par une lutte adroite essayant le courage,
Des fureurs qui vont naître offrent déjà l'image.
Là, des coursiers ardens les bruyans escadrons
Règlent leurs pas fougueux par le bruit des clairons ;
Et partout sur ces bords l'active prévoyance
A, pour le jour fatal, préparé la vengeance.

Il approche..... Déjà le démon des combats

A volé vers ces lieux marqués par le trépas,

Et, jadis ignoré, leur nom bientôt célèbre

Est gravé par sa main dans son temple funèbre.

    Le fleuve s'étendoit entre les camps rivaux,

Et les vainqueurs ardens s'indignoient du repos.....

Leur maître, cependant, de sa tente guerrière

Veilloit d'un œil soigneux au repos de la terre;

Et son bras appuyé sur les foudres de Mars,

Protégeoit l'abondance et couronnoit les arts:

Présent, quoique loin d'elle, au sein de la patrie

Il attire les dons de l'active industrie.

Elle voit dans son sein, des bouts de l'univers,

S'unir les flots surpris des plus lointaines mers;

Les torrens sont domptés, les monts courbent leur cime,

Les peuples sont unis, tout renaît, tout s'anime,

Les monumens des arts s'élèvent jusqu'aux cieux;

L'indigent consolé trouve un asile heureux;

Et, croissant à l'envi sous sa main tutélaire,

Les talens ont versé leur charme salutaire;

Tel entouré d'orage, et caché pour nos yeux,

Le soleil en secret nous verse encor ses feux.

Vers la voûte du ciel, loin des yeux du vulgaire,

De la gloire est placé le brillant sanctuaire :

C'est de là, qu'attentive au bruit des nations,

Elle offre une couronne aux grandes actions.

Ce n'est point cette gloire orgueilleuse, inhumaine,

Qui soumet l'infortune en son horrible chaîne,

Ce fantôme cruel qu'un barbare puissant

Poursuit par vanité dans des fleuves de sang ;

Mais cette gloire utile, ame de notre vie,

Cette fille du ciel, compagne du génie,

Qui de son feu divin enflamme les guerriers,

Par la main des vertus moissonne ses lauriers,

Et qui, même en cédant à son destin sévère,

Des victimes du sort adoucit la misère.

Bientôt, fendant les cieux de son vol assuré,

Elle donne au héros le signal desiré.

La lumière du jour avoit fui ce rivage,

Mais l'obstacle lui-même enflamme le courage,

CHANT IV.

Le Héros a parlé.... Volez.... suivez ses pas ;
Paroissez, levez-vous, fiers enfans des combats ;
Les voilà.... L'aigle altier les couvre de son aile,
Et le glaive invincible en leurs mains étincelle.
De leurs rangs redoublés ils couvrent les sillons,
Et déploient au loin leurs épais bataillons.
Sur son mobile essieu le bronze crie et roule,
Le sol tremble et gémit sous le poids qui le foule.
Les coursiers, dont le frein règle l'essor fougueux,
Croisent, en bondissant, leurs pas tumultueux.
Des chefs, dans le lointain, la voix impérieuse
Frappe, en se prolongeant, l'ombre silencieuse.
Il semble, en contemplant ce terrible appareil,
Des maîtres de la terre entendre le réveil.
    On marche.... et les échos, durant la nuit obscure,
Des mouvemens confus répètent le murmure :
Tels, quand l'orage couve au sein profond des mers,
De leurs longs roulemens les flots frappent les airs.
De la nuit, cependant, la paisible courrière
Sur nos rangs belliqueux vient verser sa lumière.

4.

En ce moment le riche, au sein de nos cités,

Sur les pas des desirs cherche les voluptés ;

Et, consumant le temps dans une douce ivresse,

Use la fin d'un jour filé par la mollesse.

La foule insouciante, en ces paisibles lieux,

Suit des illusions le charme ingénieux ;

Ou, d'un plaisir plus doux marquant l'heure secrète,

La nuit couvre l'amour de son ombre discrète.

O vous qui jouissez du fruit de leurs travaux,

Dans ces périls du moins contemplez nos héros.

Soudain d'un voile épais l'air obscur s'environne,

(2) Le vent nocturne souffle et la foudre résonne,

Comme si la nature, aux fureurs des mortels,

Vouloit associer ses ravages cruels ;

Ou, comme si le ciel, excitant le courage,

Du plus grand des exploits eût donné le présage.

L'orage avec fracas s'approche, gronde et luit ;

Son pâle éclat ajoute aux horreurs de la nuit,

Et les flots bondissans, échappés des montagnes,
De leurs débris fangeux inondent les campagnes.
'A travers les torrens, les feux, les tourbillons,
S'élancent tout-à-coup, volent nos bataillons.....
'On brave le péril, et l'obstacle s'affronte,
Un autre le prévoit, le Français le surmonte ;
Et ce fleuve jaloux qui retient nos exploits,
Voit sa rive franchie une seconde fois.
Le Danube effrayé dans ses grottes profondes,
Lève un front pâlissant qui fait frémir ses ondes ;
Il tente, en s'agitant, d'inutiles efforts :
Ses flots épouvantés s'éloignent de ses bords ;
Et lui-même entraîné par une fuite prompte,
Va jusqu'au sein des mers ensevelir sa honte.
    Les astres de la nuit penchoient vers leur déclin,
L'air plus pur frémissoit du souffle du matin,
Et les monts blanchissans dans le ciel pâle encore,
Déjà vers l'orient apercevoient l'aurore.
    L'Autrichien surpris voit ses premiers rayons
Eclairer devant lui nos vastes légions.

Dans quels soins différens son ame se balance :
Pour la dernière fois la lutte recommence ;
Mais que d'objets encor animent son espoir ,
Ces lieux connus , ces lieux où régnoit son pouvoir,
L'amour de la patrie , et sa voix qui l'appelle ;
Sous ses murs paternels il combattra pour elle.....

Déjà chaque parti , de momens en momens ,
Trace , change , conduit ses vastes mouvemens ,
Et la main de la mort semble assigner leur place.
Un silence effrayant règne encor dans l'espace.
Ainsi , lorsqu'au déclin d'un jour tranquille et pur ,
Des orages épais des cieux couvrent l'azur,
Leurs torrens sulfureux poussés en sens contraire ,
Des vents tumultueux fixent l'aile légère ,
Jusqu'à ce que la foudre , ouvrant un ciel brûlant ,
Envoie , avec ses feux , leur essaim turbulent.
A ces fameux combats l'Europe intéressée
Avoit fixé sur eux une vue empressée.
On dit qu'on vit errer dans les airs confondus ,
Des antiques Césars les mânes éperdus.....

Inquiet et voilant son ombre énorgueillie,

(3) Là, planoit ce héros (*) qu'enfanta l'Helvétie.

Tige auguste des Rois, dont les brillans rameaux

Couvrent encor ce trône acquis par ses travaux;

La victoire autrefois avoit, dans ce lieu même,

Sur son front glorieux posé le diadème.

Celui qui, d'un coup d'œil, sur le trône des airs,

Peut régler, ou détruire, ou changer l'univers,

Jette enfin son regard sur cette scène immense;

Du destin des Etats il suspend la balance,

Pénètre les desseins du Héros des Français,

Et calme, il laisse au sort balancer le succès.

L'affreux signal se donne, et des flots de poussière

Ont du jour renaissant obscurci la lumière;

La terre a tressailli, des bronzes mugissans

Les échos prolongés répètent les accens;

Des tourbillons fumeux au loin couvrent la foule,

Le fer luit, l'air s'enflamme, et partout le sang coule.

(*) Rodolphe de Harsbourg.

(4) Voilà qu'au haut des monts, au sommet des remparts,

Le peuple dans l'effroi vole de toutes parts :

De loin, sur le combat, jetant un œil avide,

Il consulte en tremblant son mouvement rapide;

Mille soins différens partagent les esprits,

L'un tremble pour un père, et l'autre pour un fils ;

On s'alarme, on espère, on s'agite, on frissonne,

Et jusqu'au fond des cœurs le bruit lointain résonne.

Infortunés guerriers, cet aspect douloureux,

De votre emportement excite encor les feux !

Hélas ! pourquoi toujours faut-il tracer l'image

Des mortels égarés par l'aveugle courage !

Ma Muse fatiguée à peindre leur fureur,

Semble se refuser à ce tableau d'horreur.

Tout ce que put jamais la force et la souplesse,

L'art avec la valeur, l'audace avec l'adresse ;

Tout ce qu'unit d'affreux la douleur, le trépas,

Semble se rassembler dans ces vastes combats.

Plus nombreux et plus prompts que les traits du tonnerre,

Les feux, en sillonnant, se croisent sur la terre :

Ainsi qu'aux mers du nord, par les vents repoussés,

Luttent d'affreux glaçons en éclats dispersés,

Des bataillons épais s'entre-choquent, se mêlent,

Les pas croisent les pas, les armes étincellent :

Dociles sous le frein, les coursiers haletans

Parmi des rangs en feu portent les combattans.

Déchiré par le fer, l'un se dresse et succombe,

Sur la foule qui fuit l'autre vole et retombe ;

Et des soldats épars, sous leur choc renaissant,

Ces monstres belliqueux font rejaillir le sang.

Au milieu du péril quel héros (*) va paraître ?

Il est fier d'obéir aux ordres de son maître....

(5) Mille bronzes grondans, traînés par des coursiers,

Aussi prompts que les vents, suivent ses pas guerriers.

Parmi des tourbillons de fumée et de poudre,

Sur leur roue embrasée ils promènent la foudre ;

Et sans cesse tonnant et rallumant leurs feux,

Ils froissent dans leurs cours des bataillons nombreux :

(*) Le maréchal Magdonald.

Tel on dit qu'autrefois, semant les funérailles,
Rouloit le char sanglant du grand dieu des batailles.
Et vous, qui balanciez le plus grand des succès,
Je dirai vos exploits, fiers rivaux des Français.
Jamais l'espoir de vaincre et le bouillant courage,
N'avoient d'un pas plus ferme affronté le carnage.
(6) Toi (*) qui les soutenois, toi l'ame du combat,
Qui, placé près du trône, es l'espoir de l'État ;
Quel touchant intérêt enflammoit ton audace !
Le tableau de ta vie à tes yeux se retrace :
Il semble qu'en ce jour tu combats à la fois
Pour ta gloire, ton nom, ta patrie et tes rois.
Loin de se ralentir, cette lutte cruelle,
Reprend à chaque instant une fureur nouvelle :
Ainsi lorsque les flots, par l'orage agités,
S'élancent à grand bruit l'un vers l'autre emportés,
De leur choc redoublé leur fureur s'alimente,
Ils s'enflent par degrés sur la rive écumante,

(*) Le prince Charles.

Et pressés, en roulant, dans mille sens divers;

De l'abîme profond jaillissent dans les airs.

(7) O Français, regardez votre Maître intrépide

Dans ces champs du trépas porter son vol rapide !

Vous, peuples fortunés, vous, dont il fait le sort ;

Tremblez : votre soutien court affronter la mort !

L'ordre naît à sa voix au sein même du trouble ;

Le courage est réglé, mais le trépas redouble.

On varie, on retient, on presse les efforts ;

L'esprit seul du Héros anime ces ressorts.

Le moment est venu..... La victoire constante

Pose sur nos guerriers sa couronne éclatante :

O comble du triomphe ! en tous lieux asservis,

Les secours de la fuite aux vaincus sont ravis.

Par d'adroits mouvemens que l'art montre à l'audace,

Leurs rangs sont resserrés dans un étroit espace :

Près des soldats fougueux les foudres sont éteints,

Et le fer homicide est tranquille en leurs mains.

Tels au souffle du nord les torrens indociles

Fixent leurs flots grondans en glaçons immobiles.

'A peine quelques-uns, d'un pas furtif et prompt,
Loin de ce lieu sanglant vont cacher leur affront.
Pour vous, chefs malheureux, que le sort est pénible ;
Au faîte du pouvoir la chute est plus terrible.
Que dis-je ? Le vainqueur lui-même est votre appui !
Eh ! qui ne peut, sans honte, être vaincu par lui ?
Mais vos noms près du sien sont placés par la gloire.
Le Héros, suspendant le vol de la victoire :
« Je n'ai plus d'ennemis dans les infortunés.
» C'est assez, a-t-il dit ; mes vœux sont couronnés :
» La paix, de mes travaux est le plus doux salaire.
(8) » Je cherche, en combattant, le repos de la terre. »
Il dit : et surpassant lui-même ses vertus ,
Il rend le diadème aux rois qu'il a vaincus.
Ses rivaux, étonnés de ces efforts suprêmes ,
Heureux en succombant, le chérissent eux-mêmes.
  De respect et d'amour l'univers tressaillit,
L'Envie , en frémissant , baisse un œil interdit ;
La Discorde s'enfuit dans son sanglant repaire ,
Et la Paix consolante a plané sur la terre.

Le ciel, applaudissant à ces grands intérêts,
Voulut les couronner du plus doux des bienfaits.
Au trouble des combats, au bruit affreux des armes,
Quelle heureuse union fait succéder ses charmes ?
La Paix conduit l'Hymen, et le cœur du Héros
Reçoit de la Beauté le prix de ses travaux.
En foulant des lauriers sur cet auguste trône,
L'Amour vient de son myrte embellir sa couronne :
L'autel luit, l'encens fume, et déjà l'Eternel
A consacré les nœuds de ce couple immortel.
La France, en ce beau jour que l'espoir accompagne,
Chérit son bienfaiteur dans sa noble compagne.
De la tige des rois tendre et brillante fleur,
(9) Ton sein de l'avenir renferme le bonheur.

O gage de la paix, heureux lien du monde,
Lorsque de son Héros sur toi le sort se fonde,
Des Français attendris accomplis tous les vœux,
Et rends-lui le bonheur qu'il répandit sur eux !

FIN DU CHANT QUATRIÈME.

NOTES

DU CHANT PREMIER

———

(1) *Toi qui pendant vingt ans de gloire et de revers.*

On a cru avoir mis dans le portrait de ce prince les traits qui le distinguent entre les héros du siècle. La louange auroit pu s'étendre davantage ; mais lorsqu'il s'agit d'un guerrier qui a su si long-temps balancer la victoire avec de tels rivaux, son nom seul tient déjà lieu de l'apologie la plus flatteuse.

(2) *. . . . . Un fantôme est formé,*
C'est de ces tristes bords le génie alarmé.

On s'est permis cette fiction dont l'invention n'est pas bien neuve ; mais on a pensé qu'elle pouvoit donner une couleur plus dramatique, en faisant prévoir le dénoûment. Le sort de ces peuples qui vont se baigner dans le sang l'un de l'autre, intéresse plus vive-ment, lorsqu'on sait que l'amitié doit bientôt les unir.

(3) *Que de combats sans fruits , que d'exploits inutiles , etc.*

On n'a fait qu'indiquer dans ce premier chant, en peu de mots, les combats qui ont eu lieu depuis l'ouverture de la campagne jusqu'au siége de Vienne. Certes, le courage de nos guerriers fut le même à Ratisbonne et à Essling ; mais ce qui convient à l'histoire est sans effet dans un poëme : on ne se lasse point d'entendre le récit des exploits qui font la gloire de la patrie ; mais dans un ouvrage en vers , on ne veut trouver que des tableaux soutenus par une gradation d'intérêt ; et la peinture des premiers combats , telle variété que puissent leur donner les circonstances , affoibliroit nécessairement ceux qui doivent amener le dénoûment. C'est dans les derniers chants de cet ouvrage que l'on a tenté de donner aux détails des combats les développemens dont ils sont susceptibles. La prévention semble leur être contraire : on a dit que depuis l'invention de la poudre , depuis que les hommes ne combattent plus aussi souvent corps à corps , les tableaux des batailles n'offrent plus de descriptions poétiques : je crois cette assertion peu fondée ; et en effet , où trouveroit-on dans les combats des anciens des images pareilles à celles qu'offrent ces tubes enflammés , qui plus prompts et plus terribles que la foudre , détruisent des rangs entiers à la plus grande distance ? La lance ou la flèche sont-elles comparables à ces armes éclatantes , qui, dans la main de chaque soldat , portent la mort avec une rapidité égale au mouvement de la pensée , au milieu des feux et de la fumée , qui, en enveloppant les combattans, semblent être le voile , dont le trépas couvre ses victimes ? Mais c'est surtout dans

les siéges où cette différence des effets de la destruction est plus sen—
sible ; le bélier et les autres machines de l'antiquité n'ont rien de
comparable à ces globes d'airain qui volent dans les airs, se di-
rigent même dans l'obscurité de la nuit en traînant des sillons lumi-
neux, retombent sur les toits, pénètrent les habitations jusqu'en
leurs fondemens, et s'éclatent avec une explosion pareille à celle
des volcans ; les détonations prolongées des canons, l'éclat des
obus, le bruit des murs brûlans qui s'écroulent, et tant d'autres
objets imposans et terribles que présentent nos *attaques* modernes,
sont une source infinie de descriptions variées, dont la manière
uniforme des anciens ne sauroit approcher. Nos grands poëtes
cependant ont souvent négligé ces tableaux imposans. L'auteur de
la Henriade et du poëme de Fontenoy les a esquissés à peine, lorsqu'il pouvoit les employer de la manière la plus brillante. C'est
peut-être un bonheur pour les poëtes qui le suivent ; c'est un champ
neuf à défricher. Si la main des grands maîtres y avoit moissonné,
il ne resteroit plus qu'à glaner pour les autres. . . . . .

NOTES

DU CHANT DEUXIÈME.

———

(1) Le vainqueur cède, ... heureux d'éviter le carnage.

Sa Majesté tenta, dans cette circonstance, tous les moyens pour engager les habitans de Vienne à ne point souffrir de siège.

(2) Vos pas victorieux sont tombés dans le piége.

Lorsque le général Conroux eut traversé les faubourgs de Vienne, le général Tharreau se rendit sur l'esplanade qui les sépare de la cité. Au moment où il débouchoit, il fut reçu par une fusillade, et par des coups de canon. Ce général fut légèrement blessé : on sait que cette action ne fut commise que par un rassemblement de bandits, à l'insu des chefs.

(3) Au-delà de ses flots est un riant rivage,
      Où l'art et la nature, etc.

On désigne ici la promenade sous les murs de Vienne qu'on

nomme le *Prater.* L'Empereur, accompagné du duc de Rivoli, se porta sur le bras du Danube qui sépare cette promenade des faubourgs, et ordonna à ses voltigeurs d'occuper un pavillon sur la rive gauche du fleuve pour protéger la construction d'un pont. Le capitaine Pourtalès, aide-de-camp du prince de Neufchâtel, et M. Sasaldi, se sont jetés les premiers à la nage pour aller chercher des bateaux sur la rive opposée. Ils essuyèrent le feu d'un bataillon de grenadiers qui défendoit le passage ; les voltigeurs repassèrent, et se rendirent maîtres du terrain : c'est là qu'à neuf heures du soir les généraux Bertrand et Navalet firent construire une batterie de vingt obusiers, à cent toises de la place : elle y lança 1,800 obus en moins de quatre heures.

(4) . . . . A ces scènes funèbres

La nuit vient ajouter ses lugubres ténèbres.

L'exactitude des faits fournit ici à la poésie ce qu'elle auroit pu imaginer de plus intéressant. Rien n'ajoute plus d'horreur à ces scènes terribles que l'obscurité des nuits : son ombre augmente l'idée de la confusion, et on se représente mieux alors les désastres de l'incendie ; la destruction de Troie feroit moins d'effet, si la nuit ne lui prêtoit point son ombre..... Ces momens de silence et de ténèbres, qui semblent destinés au repos, contrastent admirablement avec le trouble de ces catastrophes.

(5) De ses toits embrasés fuyant d'un pas agile ;
Une mère assembloit sa naissante famille.. . . . ;

Cette aventure malheureuse n'arriva point sans doute au siége de Vienne : on a cru pouvoir l'y transporter : elle rappelle un évènement douloureux, connu de tout le monde , qui eut lieu à Paris récemment, dans une circonstance bien différente.

NOTES

DU CHANT TROISIÈME.

(1) Aussitôt des forêts le fer détruit l'ombrage ;
Et ces arbres altiers dépouillant leurs rameaux,
Avec de longs efforts sont plongés dans les eaux.

On se rappelle la promptitude avec laquelle les ponts du Danube furent construits. Ils sont au nombre des prodiges militaires, dont les Français ont donné tant d'exemples.

(2) Tel il s'élance, tonne, et couvre son rivage ;
Il arrive en grondant vers le pont qu'il outrage, etc.

Ici la vérité de l'histoire fournit elle-même les tableaux que les fictions poétiques auroient pu créer. Les grands événemens semblent s'enchaîner, et la contrariété vient presque toujours augmenter l'éclat des actions extraordinaires ; jamais les eaux du Danube ne s'étoient élevées à un tel degré. Ce débordement se fit

si à propos pour interrompre nos succès, que les Autrichiens nom-
moient plaisamment ce fleuve : *Le général Danube.*

(3) Un foible nombre ainsi, sur le bord opposé,
    Aux dangers des combats, etc.

Une partie seulement de la Grande-Armée battoit l'ennemi,
lorsque la rupture des ponts força l'Empereur de concentrer ce dé-
tachement sur *Gros-Aspern.* C'est là que les corps des maréchaux
Lannes, etc...
soutinrent avec une intrépidité sans exemple les attaques redoublées
de l'armée ennemie, alors entière contre un corps trois fois moins
nombreux.

(4) Le laboureur tranquille, un jour sur ce rivage
    Trouvera sous le soc les débris du carnage....
    Tremblant, il foulera, sous les mouvans sillons,
    Les restes glorieux de tant de bataillons ;
    La cendre des héros, qui, loin de leur patrie,
    Pour la gloire et l'honneur ont prodigué la vie.
    Alors, dans l'humble asile où le sort l'a jeté ;
    Il sentira le prix de son obscurité.

Ces vers, où l'on a cherché à faire contraster l'importance et
l'éclat des actions héroïques avec la rustique foiblesse des simples
laboureurs, ont du moins le mérite de rappeler ces vers des
Géorgiques :

    « Scilicet et tempus veniet cùm finibus illis,
    » Agricola, incurvo terram molitus aratro,

» Exesa invéniet scabra rubigine pila ,
» Aut gravibus rastris galeas pulsabit inanes ,
» Grandiaque effossis mirabitur ossa sepulcris. »

(5) . Des douces moissons le fragile assemblage
Lui présente un asile au milieu du carnage.

MM. les généraux Durosnel et Foulers , aides-de-camp de l'Empereur ; s'égarèrent en portant des ordres. L'un d'eux eut son
cheval tué sous lui , et trouva un refuge dans les blés......

On n'auroit sans doute rien imaginé de plus piquant que la situa-
tion d'un guerrier qui trouve un *abri* , dans l'horreur du carnage , au
milieu d'un champ couvert d'épis qui se trouve arrosé par le
sang des hommes qu'il devoit nourrir........

(6) L'aliment meurtrier que l'airain couve et lance ,
Manque à leurs mains , etc. ......

Dans cette position terrible où la partie de l'armée qui étoit
au-delà du Danube , se trouvoit accablée d'un côté par un ennemi
nombreux , et de l'autre retenue par le fleuve , l'artillerie man-
quoit de munitions, que l'on ne pouvoit plus transporter dans l'île
de Lobau.

(7) C'est lui , c'est ce héros dont les vertus suprêmes
Brilloient avec éclat parmi les héros mêmes.

Le maréchal Lannes , duc de Montebello , dont il est ici question.

fut blessé à la bataille d'Essling, et mourut entre les bras de l'Empereur, qui pleura sur son tombeau.

Aucun éloge ne peut, mieux que ces pleurs, faire connoître les qualités du héros qui les a fait répandre.

(8) Au courage bouillant succède le repos.

L'auteur avoit d'abord craint que ce morceau ne fît longueur ; mais il a pensé qu'une des choses qui reposent mieux l'imagination après la description des combats, et qui sont le plus nécessaires pour adoucir l'image de la férocité, c'est l'hommage religieux rendu à la mémoire des guerriers. D'ailleurs rien ne contraste davantage avec le spectacle déchirant de la destruction, que les regrets de l'amitié, soutenus par la pompe attendrissante et majestueuse de la religion.

NOTES

DU CHANT QUATRIÈME.

---

(1) Il voit les habitans des campagnes désertes
Voler vers ses drapeaux, et réparer ses pertes.

Lorsque l'ennemi se fut retranché sur la rive gauche du Danube, des levées considérables vinrent renforcer son armée affoiblie par tant de combats soutenus avec une résistance si honorable : on remarqua avec intérêt cette foule de nouveaux guerriers, qui, à la voix de leur souverain, quittèrent leur profession paisible pour venir répandre leur sang dans les rangs des guerriers.

(2) Le vent nocturne souffle, et la foudre résonne, etc.

Ce fut au milieu de la nuit qu'eut lieu le second passage du Danube, la veille de la bataille de Wagram. L'orage le plus terrible éclata sur l'armée.

(3) Là, planoit ce héros qu'enfanta l'Helvétie.

Rodolphe de Harsbourg, chef de la maison régnante d'Autriche, tiroit son origine d'une famille distinguée dans l'Helvétie.

Les combats, qui, au 12e siècle, avoient placé la couronne impériale sur sa tête, se donnèrent à peu près dans les mêmes lieux que la bataille de Wagram.

(4) Voilà qu'au haut des monts, au sommet des remparts,
Le peuple dans l'effroi vole de toutes parts. »

La bataille se donna à deux lieues de Vienne. C'étoit un singulier spectacle, que de voir les montagnes voisines, et les tours même de la ville couvertes d'un peuple immense, qui venoit être le témoin de la dernière lutte de sa patrie ; de là chacun suivoit ; pour ainsi dire des yeux, le sort d'un frère, d'un père ou d'un ami ; les combattans eux-mêmes apercevoient leurs concitoyens, dont la présence redoubloit leur courage : c'est à ce motif si puissant que l'on dut, sans doute, la valeur extraordinaire que l'ennemi déploya dans cette journée. Ce concours de circonstances formoit peut-être le tableau le plus intéressant qui ait jamais existé.

(5) Mille bronzes grondans traînés par des coursiers,
Aussi prompts que les vents, suivent ses pas guerriers.

Le général Magdonald eut le commandement de l'artillerie volante ; c'est à ses mouvemens rapides que l'on dut en partie le succès de la journée. L'Empereur le créa sur le champ de bataille maréchal d'Empire.

(6) Toi qui les soutenois, toi l'ame du combat.

Je ne répéterai pas ce que j'ai dit sur les actions courageuses des Autrichiens, et sur les talens de leurs chefs. Je remarquerai seulement qu'il est beau d'avoir, dans un pareil sujet, des louanges à donner aux vaincus sans nuire à la gloire des vainqueurs.

(7) » O Français, regardez votre maître intrépide
   » Dans les champs du trépas porter son vol rapide !

On se rappelle en frémissant les périls que l'Empereur a bravés dans cette journée, toujours accompagné du prince de Wagram. Sa Majesté a pensé que le moyen de rendre la mémoire de ce combat immortel, encore plus intéressante, étoit de décorer de son nom un des héros qui a le plus contribué à son succès.

(8) « Je cherche, en combattant, le repos de la terre, etc. »

La plupart des combats, dans des temps différens, n'ont guère eu qu'un but incertain ; le résultat étoit tout au plus de rendre célèbre le nom du héros qui avoit fixé la victoire ; et le tableau de la destruction s'y montra toujours sans autre avantage ; mais nos combats, et surtout ce dernier, offre, au milieu de l'horreur de la guerre, des idées consolantes ; et la tranquillité des nations en est le résultat. On peut dire que cette journée glorieuse a assuré à l'Europe une paix inaltérable, en préparant le nœud qui a fait de tant de peuples une seule famille.

(9) Ton sein de l'avenir renferme le bonheur, etc.

L'auteur semble avoir prévu l'évènement, qui met en ce moment même le comble à la félicité de l'Europe, en perpétuant le nom qui a fait son bonheur, et sur lequel est fondé celui de l'avenir.

FIN

www.ingramcontent.com/pod-product-compliance
Ingram Content Group UK Ltd.
Pitfield, Milton Keynes, MK11 3LW, UK
UKHW021645130726
13696UKWH00004B/1426